SOUVENIR

DU BANQUET

DU 14 JUILLET 1880

à

LONS-LE-SAUNIER

IMPRIMERIE ECLUME, A LONS-LE-SAUNIER.

A PROPOS

DU BANQUET

DU 14 JUILLET 1880

A LONS-LE-SAUNIER

IMPRIMERIE J. DECLUME, A LONS-LE-SAUNIER.

A PROPOS DU BANQUET

du 14 Juillet 1880

A LONS-LE-SAUNIER.

La modestie est-elle une qualité ou un défaut ?
Les uns disent oui ... Les autres disent non ...
D'autres ne disent ni oui, ni non ... D'autres, encore, (*Je suis de ces derniers*) disent : Cela dé-
pend !! ....

Ces réflexions, aussi amères que philosophiques,
me sont inspirées par la lecture assidue de tous
les journaux de France et de Navarre, depuis le 14
juillet. J'y trouve des comptes rendus enthou-
siastes de l'éclat extraordinaire que toutes les com-
munes de France, depuis la plus petite jusqu'à la
plus grande, ont voulu donner à cette fête de la
Nation.

Les toasts, les discours, les arcs de triomphe,
les oriflammes, les drapeaux, les feux d'artifices,
pétards, lampions, rien n'est oublié ... Tout défile
sous les yeux du lecteur ravi et chauvin, au bruit
joyeux des vivats, aux accents entraînants de la
Marseillaise, avec accompagnement des autorités,
des pompiers, des troupes de la garnison, des
musiques, des retraites aux flambeaux , etc...,
etc..., etc,

En lisant les innombrables récits de toutes ces merveilles, j'ai senti mon cœur de Commissaire de l'organisation du Banquet (*J'ai l'honneur d'avoir fait partie du Comité d'organisation*) pénétré d'une tristesse profonde. Que penseront de nous nos arrière-neveux, me disais-je, quand ils compareront, à ces descriptions si chaudes et si colorées, les froids et ternes comptes rendus de notre Presse locale, rédigés dans le ton d'un procès verbal de brigadier de gendarmerie ?

Comment pourront-ils se faire une idée de toutes les splendeurs qu'il aura été donné à nous, leurs pères, d'admirer en ce grand jour ?

N'auront-ils pas le droit de dire que nous n'avons pas été à la hauteur de nos devoirs, nous ! les compatriotes de Rouget de Lisle ! nous ! les compatriotes et les contemporains de Jules Grévy ; nous ! les enfants du Jura ! ce département qui a toujours figuré dans les premières têtes de colonnes de la République ?

Ne vous semble-t-il pas qu'il y a quelque chose à faire pour éviter le blâme sévère de la postérité et de l'histoire ?

Que n'ai-je à ma disposition la plume éloquente et spirituelle du *Chantre de Bouffard*, pour léguer à nos enfants, dans un écrit impérissable, le récit fidèle du Banquet Lédonien du 14 juillet 1880 ; le plus grand Banquet de la France entière ? (1500 couverts). (*Le Banquet Lédonien du 14 juillet 1790 avait déja réuni 1200 convives*).

A côté du toast républicain, porté au nom du Préfet, par son Secrétaire général ; à côté du dis-cours étincelant du plus pur patriotisme, et si justement applaudi du Maire de la ville, à côté de la réponse si courtoise et si sympathique du re-présentant de l'armée ; j'aurais voulu dépeindre la physionomie animée et pittoresque de cette immen-se réunion fraternelle.

Qui nous redira les fumets exquis des Jambons, le moelleux savant des Pâtés, les finesses alliacées des Rôtis, les effluves poétiques des Fromages ?

Qui nous redira la démolition, jusqu'à la dernière pierre, des Bastilles en nougat, la mise à sec de 1800 bouteilles de vin (un vrai nectar) sans comp-ter le champagne ?

Qui racontera aux générations futures le service épique d'un café délicieux tiré à 1500 exemplaires, chauffé sur les fourneaux de la Caserne, transporté brûlant, au pas de course, et laissant sur son pas-sage, à travers la foule émerveillée, les trainées d'un parfum aromatique qui allait châtouiller agréablement le nez des conservateurs endurcis et boudeurs, fermés chez eux à double tour, en pré-vision des troubles prédits pour la soirée ?

En un mot, qui nous dira les splendeurs du menu, l'infini de la perspective, dans son cadre immense de verdure baignée dans les flots d'or d'un soleil fait exprès pour la circonstance ?

Qui prodiguera à la Commission d'organisation

les éloges qu'elle mérite ? Qui racontera les pro-
diges accomplis par M. Vaucheret, le grand or-
ganisateur ; le désintéressement patriotique de M.
A. Marmier, fournissant gratuitement les planches ;
MM. Arcelin, Marmier et Paillard, les fourchettes ;
M. le Proviseur du Lycée, les fourneaux ; de votre
serviteur enfin, appliquant ses faibles talents culi-
naires à la confection d'un gigantesque rôti ?.....

Si je savais manier la plume comme je sais manier la clef de Garengeot, quelle admirable épopée
j'aurais à dérouler sous les yeux du lecteur !!
Pourtant, je sens en moi toutes les ardeurs du
poëte.... Les feux des rôtissoires ont développé
dans mon imagination des germes inconnus. Je
brûle d'envie d'aller à la postérité, mais en y en-
trainant avec moi, et malgré eux, les modestes héros
qui ont contribué d'une manière si active et si dé-
sintéressée, à l'organisation et à la réussite écla-
tante de cette première fête de la République.

Honneur donc à tous ces braves citoyens déjà
nommés ! N'oublions pas non plus tous ceux qui,
dans un rôle plus effacé, n'en n'ont pas moins fait
avec dévouement, leur partie dans ce grand con-
cert patriotique.

Un bon point aux élèves de l'école laïque, qui
nous ont été si utiles.

Et les petits chevaux !.. Croyez-vous qu'ils n'ont
pas bien mérité de la patrie ?.. Ces nobles bêtes...
Ces chevaux de *Roy*.... n'ont-il pas mis tout l'acier
de leurs jarrets au service de la République !!!

Plus j'avance dans la tâche ardue que je me suis imposée, plus je sens mon insuffisance. L'aplomb professionnel, sur lequel j'avais tant le droit de compter, me fait défaut. Et pourtant, c'est le moment de dire avec le poëte, dans cette langue aussi harmonieuse qu'hiéroglyfique pour moi, « *Paulo majora canamus* ».

O Maxence Gilet !! A la rescousse !....

Prête-moi ta plume pour écrire encore un mot. . Fais nous voir, dans sa sérénité olympienne, notre immortel François Girard, en compagnie de son illustre collègue Bolley, présidant à la désarticulation artistique de nos innombrables gigots à l'ail!..

Retrace nous l'improvisation ardente d'un de nos maîtres du barreau !...

Redis nous ces mâles accents de l'hymne national, tant de fois répétés par nos excellents musiciens!...

Ma plume inhabile se refuse à la peinture de ces grands tableaux. Ne ménage ni ton admiration ni tes éloges ; tu seras toujours au-dessous de la vérité, Et si ta verve caustique à besoin, pour s'épancher, d'une victime, je suis paré pour le sacrifice. Tape dur et ferme : je prête le flanc, la galerie applaudira.

Ma consolation sera dans le sentiment du devoir accompli, et dans l'espoir qu'un jour, la postérité reconnaissante élèvera une statue à celui dont l'existence entière a été consacrée aux soins de la bouche de ses concitoyens. . . . .

. . . .

C'est ici la place du Menu... Je copie..... L'avenir jugera.

Banquet du 14 Juillet 1880.

—

MENU
Jambon de Cincinnati
Gigot de mouton
Veau rôti
Pâté
Dessert
Fromages
Pièces montées *(Bastilles)*
Biscuits
Vin, Champagne, Café et Liqueurs.

—

Prix 2 fr. 50.

Une quête au profit d'une œuvre républicaine a produit 155 fr.

Et pourtant, ô lecteurs et électeurs ! il y avait une ombre à ce tableau ; car rien n'est parfait en ce bas monde.

Une absence regrettable a été constatée, commentée, discutée..., Mais rassurez-vous : La politique n'avait rien a y voir... c'était l'absence des couteaux!!!.... pas un seul couteau!!!.... pas même un couteau à papier !!!!...???

Sur ce... à l'année prochaine !!...

BERNARD.

DISCOURS DE M. FÈVRE,

Secrétaire Général.

Messieurs,

En l'absence de M. le Préfet du Jura, c'est au Secrétaire général que revient le soin de porter le toast traditionnel, qui doit commencer la série de ceux qui viendront clore le banquet fraternel auquel nous avons été conviés. S'il en est un qui soit tout indiqué, aujourd'hui encore mieux qu'en aucune autre circonstance, et que vous ne sauriez me pardonner d'avoir oublié, c'est assurément celui que je vais avoir l'honneur de vous proposer.

Notre pensée commune, Messieurs, se reporte d'elle-même vers notre illustre compatriote, qui, dans une solennité mémorable, vient de remettre entre les mains de notre brave armée les étendards qui doivent remplacer ceux qui furent perdus dans des jours malheureux. Envoyons donc d'ici tous nos vœux à celui qui préside avec tant de dignité aux destinées de la République, qui sont celles de la France.

Buvons, messieurs, à la santé de M. Jules Grévy, président de la République française.

DISCOURS DE M. LE MAIRE.

Mes chers concitoyens,

Il y a quatre-vingt-dix ans, lorsque nos pères se réunirent à pareil jour et sous les mêmes ombrages pour célébrer l'anniversaire de la délivrance et la fondation de l'unité nationale, une voix s'éleva au milieux d'eux et résumant les pensées de fraternité qui animaient tous les cœurs, prononça ces paroles que les annales de l'époque nous ont conservées : *A nos amis, à nos ennemis même que nous jurons d'aimer et de défendre.* Et ce n'était point un vain serment, une stérile promesse : car bientôt après, les géants de la Révolution s'élançaient nu pieds sur tous les chemins du monde, et sur les ailes de la victoire allaient porter les idées nouvelles à leurs ennemis même qu'il devaient défendre après les avoir conquis à la liberté.

Je voudrais aussi, à cette heure consacrée tout entière à la Concorde et à l'Union, résumer vos pensées par une parole qui soit non-seulement entendue par les amis de la République, mais qui puisse trouver un écho jusque dans le cœur de ses adveraires.

Je vous propose un toast à l'armée française.

Je salue avec elle les étendards que la République a confiés aujourd'hui à son patriotisme et à son honneur et qui remplaceront désormais ceux que l'empire a honteusement abandonnés.

Pauvres drapeaux qui n'êtes point revenus de l'exil, nous savons tous que ce n'est pas notre brave armée qui vous a trahis ; vous aviez été les compagnons de sa gloire, et dans la mauvaise fortune, elle vous avait héroïquement défendus sur tous les champs de bataille ; nous savons quelles malédictions ont accompagné Napoléon à Sedan, Bazaine à Metz et quelles larmes nos soldats ont versées sur les lambeaux sacrés qu'ils avaient teints de leur sang.

Dès lors, puisant au cœur même de la nation des forces nouvelles, dans le silence de l'étude, dans les austérités du travail et de la discipline, notre armée n'a eu que le devoir pour mobile, que la patrie pour amour. Elle se souvient et elle espère. Nos légions nous sont enfin rendues, dignes de recevoir leurs nouveaux drapeaux et capables de les défendre.

·Puissent ces étendards de la République déployer longtemps leurs trois couleurs sur le ciel d'azur de la paix féconde ! Mais, si l'étranger menaçait jamais nos foyers, qu'ils conduisent comme autrefois nos bataillons à la victoire, et à la délivrance de nos frères malheureux qui ont été violemment séparés de la grande famille française. Puisse alors la République qui nous a rendu nos libertés, nous rendre aussi nos frontières, notre honneur et nos gloires !

A l'armée française ! Au 44° qui a bien voulu prendre part à cette fête et partager nos joies comme il avait l'hiver dernier partagé nos douleurs en venant au secours de nos misères ! Au 44ᵉ à qui je suis toujours heureux d'apporter le témoignage de la reconnaissance et des sympathies de la population lédonienne !

DISCOURS DE M. MAHON,

Conseiller Municipal.

Messieurs,

Après avoir entendu parler des qualités éminentes
qui ont porté notre compatriote M. Jules Grévy au premier rang dans l'Etat, du dévouement absolu de l'armée au pays, et de la certitude où nous sommes de lui
voir porter, haut les emblèmes d'honneur qui lui ont
été confiés aujourd'hui, je demande à dire un mot des
mérites qui distinguent le maire de cette ville. Moi
aussi, messieurs, et chers concitoyens, je trouverai
un écho dans vos cœurs quand je vous assurerai de
la reconnaissance de cette cité envers son premier ma-
gistrat.

M. le Maire prodigue ses forces aux intérêts de son
pays. Toujours soucieux de ses nombreux devoirs, nous
le voyons s'occuper sans cesse de la chose publique, et
si faible que soit ma voix pour parler de mérites aussi
réels, je porte la santé de M. le Maire de Lons-le-Saunier. » (Vive M. le Maire !)